Paw and her owner's chair

catch091　Paw在醫院裡
李瑾倫　文圖

責任編輯：韓秀玫　美術編輯：何萍萍

法律顧問：全理法律事務所董安丹律師
出版者：大塊文化出版股份有限公司
台北市105南京東路四段25號11樓
讀者服務專線：0800-006689
TEL：(02) 87123898　FAX：(02) 87123897
郵撥帳號：18955675　戶名：大塊文化出版股份有限公司
e-mail:locus@locuspublishing.com
http://www.locuspublishing.com

行政院新聞局局版北市業字第706號
版權所有　翻印必究
總經銷：大和書報圖書股份有限公司　地址：台北縣五股工業區五工五路2號
TEL：(02) 89902588 (代表號)　FAX：(02) 22901658

初版一刷：2005年5月
定價：新台幣200元
ISBN 986-7291-31-X
Printed in Taiwan

為一段札記。

Paw在醫院裡

李瑾倫

我是 Paw。

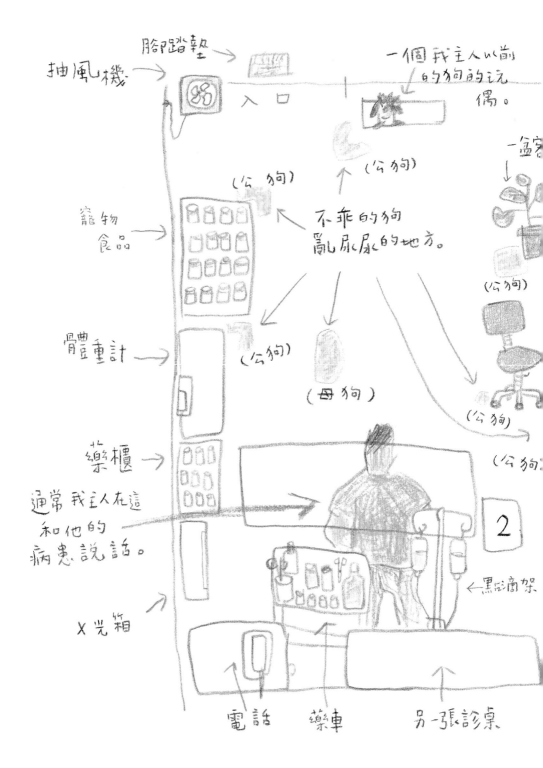

這是我們醫院裡
物品的
位置圖。

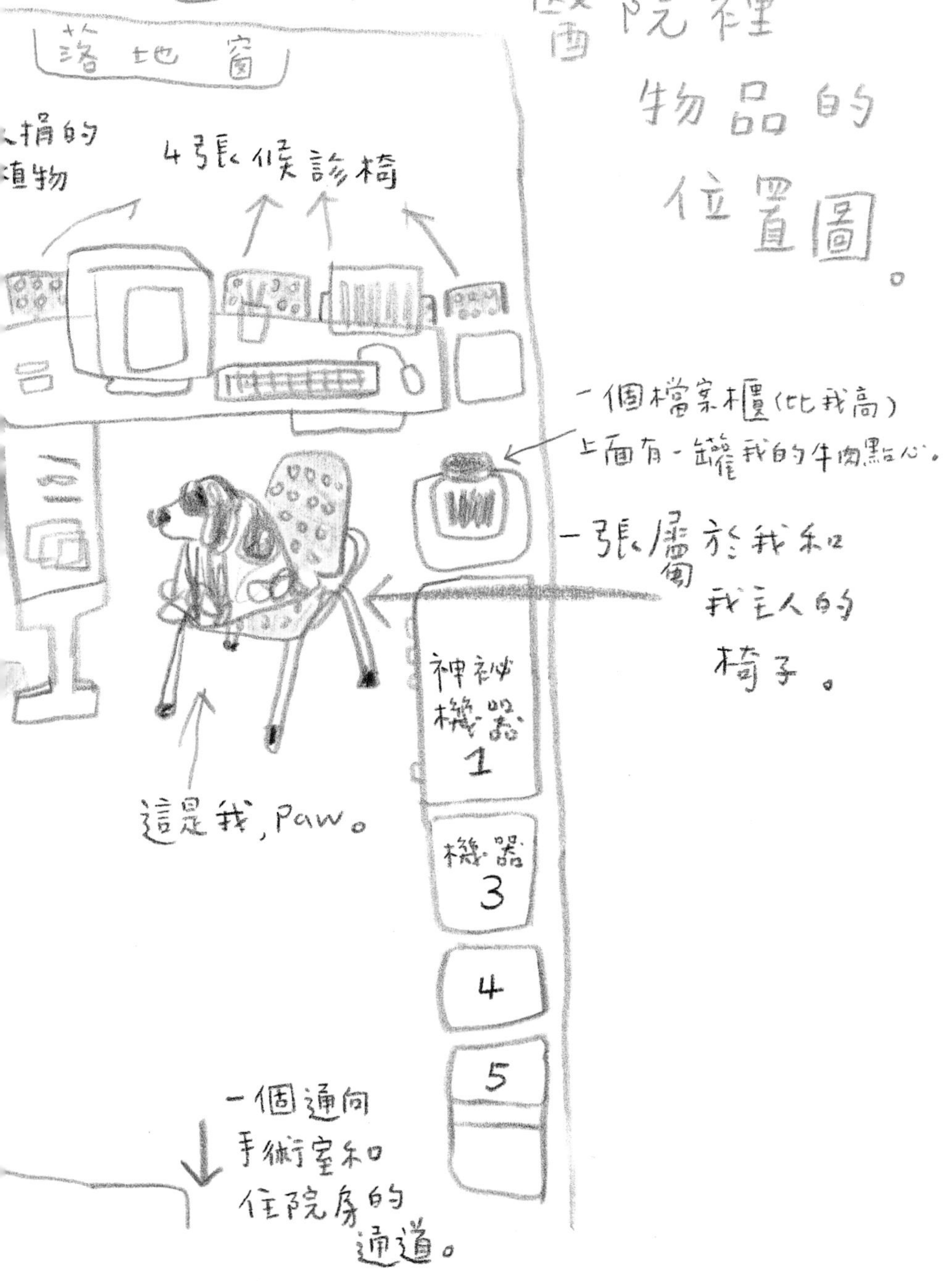

落地窗

人捐的
植物

4張候診椅

一個檔案櫃(比我高)
上面有一罐我的牛肉點心。

一張屬於我和
我主人的
椅子。

神祕
機器
1

機器
3

4

5

這是我, Paw.

一個通向
手術室和
住院房的
通道。

他是我的主人。
很幸運也很
不幸運的，
他是個獸醫。

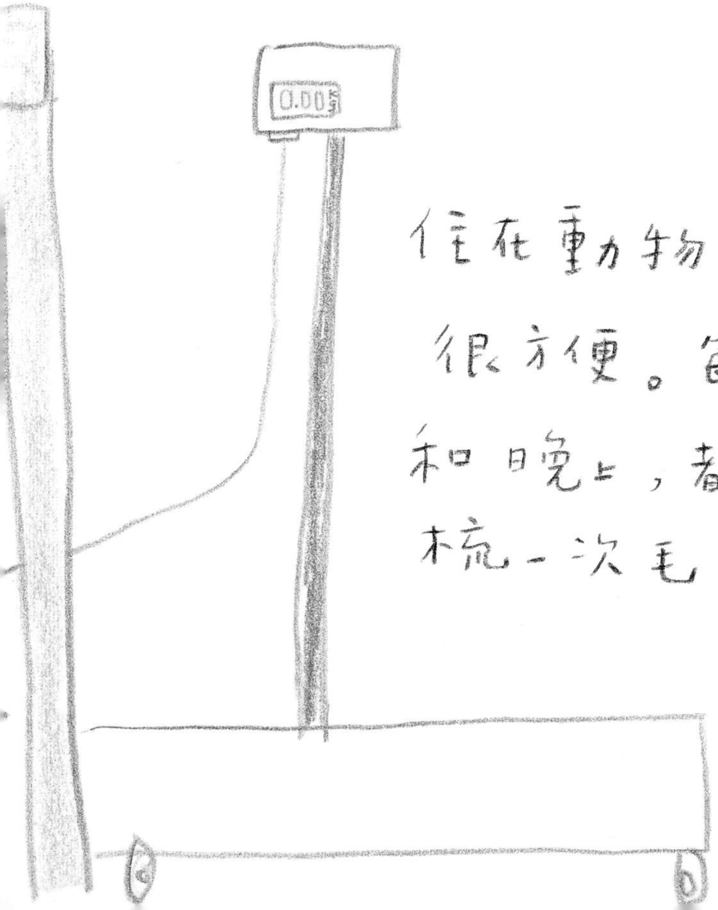

0.00g

住在動物醫院裡
很方便。每天早上
和晚上，都可以
梳一次毛。

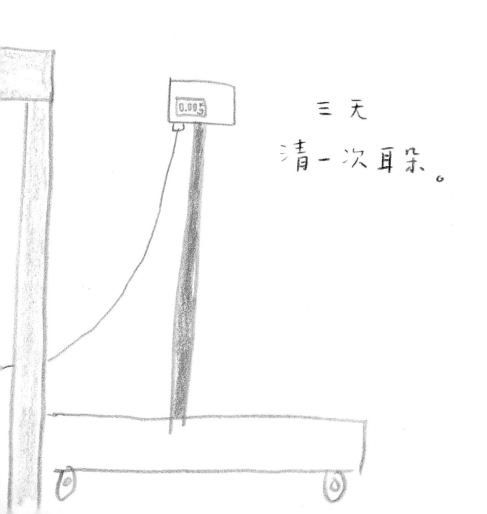

三天
清一次耳朵。

kill off
fleas
Shampoo

七天洗一次澡。

一百八十天，
洗一次牙。

三百六十五天，
打一次預防針。

通常，深夜
操場散步。我喜
可是有時候他

我們到小學
歡多散步幾次。
跳過了。

「今天真的太忙了，你知道。」
通常他說。
為了讓我覺得好過一
點，他問我：
「paw，你想不想喝點
牛奶？」所以，我喝了

牛奶。

我當然知道
醫院裡有多忙。

我每天都在那裡。

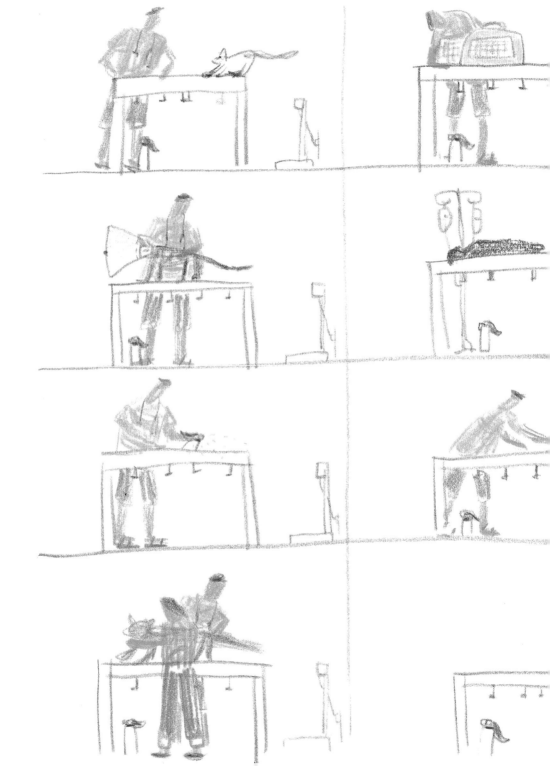